Kami-U

句集

神鵜

Nomura Kenzo

能村研三

東京四季出版

神鵜◉目次

苔の弾力　平成二十五年　5
眼に力　平成二十六年　35
濤声　平成二十七年　67
神鵜　平成二十八年　99
鷹の天　平成二十九年　131
滑走　平成三十年　165
あとがき　198

装幀　間村俊一

句集
神鵜

かみう

苔の弾力

平成二十五年（2013）

淑気満つ梅鼠てふ古代色

寒雲を支ふる仁王怒髪像

筆の穂を噛めば筆の香二月来る

黒松の直幹を打つ涅槃雪

涅槃図の真筆偽筆ともかくも

百畳の風を背に涅槃像

酒肆の灯の路地より洩れし忘れ雪
一枚の空のあまねし白辛夷

闇室に待つ一艇や大根咲く

かぎの手に細め火通す畦火かな

一筋は心鎮めの野火けむり

引き際の美学を嫌ひ目刺喰ふ

六義園

緑立つ水分け石は音の景色

春の夜の譜めくりの間も曲流れ

ざうざうと音が促す芽吹山

春愁や練習室の壁かがみ

印泥を篦で練り上げ桜の夜

旧片桐邸

廃邸の沓脱石のさくら冷

逃水の車間捉へし後続車

舟うらら塩商ひの運河あり

茎立の雨に一日が長きかな

だんまりに筋を通して独活膾

ケロリンの湯桶が響く花月夜

悼　鈴木鷹夫さん

さくら冷「様子がいい」と江戸言葉

朝掘りの筍並ぶ寸の順

分け入りてあかざしろざを踏みしだき

海光や潮の香締めて大茅の輪

麦秋にまぎるるまでを見送りぬ

山青し笛一管の試し吹き

岬端に踏まれて強き車前草

空仰ぎ捥ぎたてトマト丸齧り

夏至光に朝一礼の宮大工

淋代海岸

海霧ごめに来る波音は寧からむ

西日中時間貧乏楽しめり

廃校に校歌碑のこり蟬時雨

市川西高・宗左近校歌碑

浮くといふちから一途にういてこい

狂ひ飛ぶ蟬命終の間際まで

板塀の木理するどき帰省かな

猪独活の峠照り降り繰り返す

やうやくに秋兆す日のビル斜影

霊巌に触るる素足は霧の中

禊とも湯殿詣での素足かな

降り際の風が匂ひて盆支度

手を回し内鍵開ける盆休

庭手入れ釣舟草に紐印

下戸されど送り火前の送り酒

大仰な西瓜両断車座に

一舟が湖霊を覚ます爽気かな

澄む秋の竹林立の斜《なぞ》へかな

これよりは禁葷酒なり式部の実

走り根に苔の弾力木の実降る

路地間口狭きがよけれ菊月夜

一瞬の風の息継ぎ朴落葉

小春日の見番脇の火伏神

切る煮るの和食嘉して暮古月

煤逃に適ふめつぽふ晴れにして

眼に力

平成二十六年（2014）

筆勢は寒九の水をにじませて

栞なき書の耳を折る雪もよひ

雪掻きの躍起と思ふ背はまろし

ホッチキス分厚きを噛み三月へ

独活サラダ心の澱を沈めをり

啓蟄や馴染みし靴の不恰好

かさばりし帽子の箱や桜冷

幾筋の山襞消えし穀雨かな

土噛んで春田起しの鍬使ひ

春三日月退職の荷は軽くあり

職辞して只人として青き踏む

遠足の列は余さず森に入る

片陰の小さきを縫ひ根津谷中

ひたすらに蔵ふことより夏用意

聖五月翼下の灘は地図通り

端透けしゐなか銀座の薄暑かな

桐咲いて水綿密な棚田かな

まくなぎに力と違ふ闘志かな

風に馴れ天辺咲きの朴一花

麦笛や安房を突き出す逆さ地図

水原秋櫻子先生墓前

緑さす師の師の墓も比翼塚

船上に点呼のひびく夏つばめ

サングラスかけて信心深きかな

リラ冷や絵硝子にある物語

優曇華や昔味噌屋の高框

十薬を抜くに躊躇ひごころかな

三日なほ雨に矜恃の古代蓮

蓮の葉の葉脈倣ふ雨滴かな

適塩に血のうすくなる更衣

冷し酒限定売りの煽りあり

西日濃し配列変へぬ古書肆かな

湯引鱧刻み胡瓜を褥とし

丈長き振り子時計の安居寺

草田男の沖・登四郎の沖真炎天

穂孕みの夕風通す祭笛

貝の口結ひ半纏の荒神輿

瞑目に吹く笛の音夜の秋

眼に力入れて見てゐる稲の花

新涼の堂裏にある作務箒

孟秋や釘打ち初めのわが書屋

さやけしや諸味しぼりの吊り手石

ぎんなんを拾ふ一徹な人とゐて

身に入むや野郎畳の隙間目地

秋気澄む岡部旅籠の撥ね上げ戸

古枕に虫籠組みたる大旅籠

くゆり立つ秋の蚊遣を折りて消す

蔓たぐり系統違ふ蔓たぐる

菊月や小鍋に添はす砂時計

細やかに鍬を振るはせ秋収め

水分に一瞬の瀞秋深み

一島を被り余して鰯雲

銀河濃し艦三階の海図室

木守柿汝は選抜か居残りか

後を引く怖い話に秋惜しむ

根気よく擂粉木使ふ神の留守

固結びこつこつ解く冬うらら

年木積む風呂を貰ふといふ昔

岬時雨碇泊船の灯の強し

殉教の潮錆の町風疼く

炉語りの鬼の件に尾鰭あり

濤声

平成二十七年（2015）

初明り胸中にある怒濤音

読初の書にくれなゐの栞紐

人日やボトルキープの手書き文字

大股で上るきざはし厄詣

振り代のある花種の袋かな

追儺会や切火開きのご尊顔

レーザーの指し棒が解く涅槃図会

逆波の白むを読みて魞を挿す

実直な人と退屈いぬふぐり

場違ひな遊び着二月礼者かな

とんとんと紙嵩揃へあたたかし

納税期蛇口の水の気負ひすぎ

私をも包んでもらふ石鹸玉

活版の印字の重み黄沙降る

雪吊の無用の役を解かれたり

一艇を担ぐ春嶺仰ぎ見て

助手席に粗畳みせる春の服

口中におぼろをまとふ湯葉づくし

家人とは別の酒酌む花の夜

ソムリエの抜きしコルクや夕桜

あたたかや路地奥にゐるコック帽

武具提げし剣士一団松の花

はや傾ぎ雨後春筍の勢ひあり

走り根に日の斑が揺らぐ愛鳥日

きれぎれの根岸の路地に春惜しむ

春光や玻璃八枠に子規宇宙

山藤は粗にてへつらふこと知らず

悼　遠藤真砂明さん

ますらをは卯波のうねりを鎮めをり

緩みなき蘂整へて黒牡丹

白牡丹蘂突き出して崩れけり

溝浚へ竹組み蓋の被せあり

ホップ蔓絡み絡ませ梅雨兆す

青葉の夜鬼剣舞の胴震ひ

紫蘇もんで口約束を信じをり

籐椅子に降りみ降らずみ籠りをり

打水の上懇ろに歩くなり

夕青嶺湖底に透ける御母衣村

円空の祈り涼しき木目襞

神杉の五本一魂涼しけれ

はしつこく息継ぐ間合ひ祭笛

日の粒を抱きしままに藻の咲けり

片白草すべり言葉は戻らずに

濤声を呼ぶ大鷹の渡りかな

波の穂に宝珠を咲かす月明り

回想の起点としたり赤とんぼ

被り咲く萩を零して築地塀

櫨は実に色づくための風貯めて

見番の跡地雨中の実紫

山襞の折目は深し合歓は実に

指で切る封書一通十三夜

秋灯のくらがり作る酒肆の路地

秋澄みて序奏は低き習ひ笛

衣被小躍り宥め剝かれゐる

掛け馴染む幹の一所へ柚子梯子

空想の奥へ奥へと大根干す

霜照りの木道渡るきびす締め

かつかつと蕎麦臼を碾く十二月

軍艦島

屹立の廃墟の島や初しぐれ

駅の名を見る狩人が降りてより

寒の水呷り口火を切りにけり

神鵜

平成二十八年（2016）

一念は男の反り身寒北斗

塵外の遊に続きて稿始め

風花の遮断機に待つ鼻がしら

初午の日向に供ふ裸銭

二月尽真つ赤な裏地翻し

三椏の花を信じて曲がりをり

草餅に耳たぶほどのくぼみあり

桃活けて壺中の闇を濃くしたり

摘草のこころに敵ふ手足かな

文書の裁断一気亀鳴けり

太刀魚の春愁といふ立ち姿

深海に悪相をこぜ花曇

府中大國魂神社

花明り底抜け柄杓かざし見る

果敢なる咲きざま倣ふ藍微塵

鬼あられ纏ふ鉄瓶夏炉焚く

出惜しみの木遣掛け合ひ御柱祭

御柱祭曳き子揃ひのおんべ振り

華乗りに命あづけて御柱祭

卯波晴蛸壺干しの口揃へ

朝市や地蛸二匹の荒勘定

菖蒲葺く座高測定廃止とや

奔放に朴の新芽の紅翔てり

梅雨館隠れ部屋めく中二階

里見公園に宗左近詩碑建立

縄文の錆もて梅雨の左近詩碑

仕込み蔵天窓に洩る梅雨明り

若竹の撓ふに任せいすみ線

上総みな青嶺といへど高からず

古机の裏に戯れ書き安居寺

早暁のサーファーひとり波無尽

甚平着て少し遠くに来すぎしか

渾身に咲く夾竹桃を怖れをり

奥にゐて連られ笑ひの涼しかり

歩を止めて動く歩道や薄暑なほ

蟻地獄噴火の煙ありさうな

全身ののめり極めて箱眼鏡

夜の秋刺身こんにやく薄造り

炎帝の退位うながす雷ひとつ

回遊にさからふ魚涼しかり

古簾を結界にして猫嫌ひ

甚平着て忘れしふりを通しけり

渡されて男日傘のはにかみぬ

山芋を掘る焼印の著き鍬

直汲みの新酒を喉にいただけり

野分晴羽毛の絡む蛇籠の目

整へぬことが爽気と生態園

豆柿の手桶に灯る躙り口

掛稲の留め干しにあるささげかな

実むらさき正座が常の父なりし

障子貼り空気緻密となりてをり

長篠　設楽原

強右衛門磔刑の野は霧疾し

積み揃へ良き猪垣の爽気かな

孤高なる飛鷹の空は高貴なり

葉の裏に銀を湛へて朴落葉

一島の全きを視て鷹渡る

能登氣多大社　鵜祭

猛り鵜を神と崇めて雪しぐれ

暁闇の冷えを纏ひて神鵜翔つ

鵜に勧進眉丈の夜気の冴ゆるかな

雪しぐれ眉丈平伏す鵜様径

鷹の天

平成二十九年（2017）

引き成りの九十九里浜初日敲つ

淑気かな地擦り抛りの江戸神輿

眉宇締めて竹幹に向く寒稽古

春淡し投網一円光なす

花甘藍色よく茹でて山に雪

けふ雨水気づきてよりの二度寝かな

探梅の心覚えの土橋かな

憂愁の音に啜るや酢の海雲

種売りの仏頂面を通しけり

啓蟄の三面鏡に逃げ場無し

芽じたくに園丁の指こまやかに

夕日差冠羽逆立つ雉子の声

船橋大神宮

あたたかし木組み確かな灯明台

復活祭書架の脚立に登りをり

春の暮もののふがため土間竈

忠敬の気骨貫きうららけし

春の航孔雀開きの水脈を曳く

鉋の刃叩きて入るる忘霜

蛍光灯渋り点きして穀雨なる
鯉幟早瀬の灘を目指したり

看取り尽く須臾の花曇りかな

母 村田美津江逝く

年波の負けず嫌ひも端午の日

晩夏なり男料理の砂時計

偏照りのあとの偏降り青胡桃

蹠に木目の渦を読んで夏至

夏至の夜活字のくぼみいとほしむ

甚平着て気骨反骨貫けり

水打つて蛇足の雨もいただけり

浮人形真正直は寂しかり

くぼみあるバイオリンケース巴里祭

毒見役そのまま嵌る蝮酒

箱庭をガリバーまたぎしてをりぬ

向日葵の林立凱歌奏づごと

登山小屋碍子顕はに寝まりけり

長考のあとの直感甚平着て

葉が鞭に舳先払ひの蓮の道

抽斗に指を嚙まれて休暇果つ

疾走の一艇のあと秋立てり

郁子垣の昴り時の蔓の先

鶏冠のまだ揺れてゐる野分あと

厄日来てざくざくと挽く黒胡椒

そよがずに匂はずにゐる曼珠沙華

眠れねば眠らぬでよし虫すだく

衢へ煙草の父の写真や竹の春

秋の灯や考《ちち》が慣ひの観世縒

深井戸は名主の証ちちろ鳴く

縄文の撚の紋様爽やかなり

潮頭しばし目で追ふ雁渡し

撓りよき棒高跳びや鵙の晴

小江戸にて小半機嫌秋惜しむ

浜菊の潮に晒さる崖つぷち

忠敬に余生はあらず鷹の天

二の酉へぐるぐる巻きの財布もて

窯守の眼鎮むる遠枯野

神の留守鵜匠が解く布烏帽子

夕時雨足半で来る鵜匠かな

あかざ杖根揃へ賜ふ美濃しぐれ

万葉歌誦して真間の時雨径

水の面に背捻りの術鰡の飛ぶ

何者ぢや鵟《のすり》は胸を揺らしをり

林立のスティック野菜雪来るか

新海苔の経木づつみのにぎりめし

トラックに楽器が積まれクリスマス

大年の気息に敵ふ歩幅かな

滑走

平成三十年（2018）

初凪へスーパームーンの道真直ぐ

伊豆の海初満月の道を敷く

日脚伸ぶ龍角散の微小匙

セーターを纏ひ静電気に覚めぬ

北欧の木目時計やあたたかし

霾ぐもりひらひらと持つ処方箋

剝製のほろろ打つやう春の雷

黒塀の裏に消えたる春ショール

朧夜の道違へれば旅に似て

葺替の足場さばきの勘ありて

真ん中に木橋の普請青き踏む

屋根替の萱のひかりを横抱きに

葉桜やにべなきものに茶封筒

壺活けの極楽鳥花春は逝く

かたくりのうつむき咲きの雨中かな

哀れ名にまけず地獄の釜の蓋

凜々しさを眉宇に窺ふ端午なり

田植機の日を躍らせて折り返す

索引は別巻にあり穀雨の夜

追弔のこころのままに草むしる

麻衣結婚

嫁す吾子に華燭びらきの朴の花

父の日の腰高椅子に座してをり

梅雨兆す上野の杜の廃駅跡

身の中の気泡が抜ける夏至の夜

灯を消せば馴染み易きよ素手素足

髪に手をやりて茅の輪をくぐりけり

眠りたらぬ日十薬を刈り進む

魚市場滑走しくる角氷

甚平や生活はなべて目分量

土蔵より走り穂の風聴き分くる

ＩＴに闌けて八月大名ぞ
敬仰の人と高きに登りけり

芋名月遊びの雲のゆきもどり

風を得て深井をかくす萩すすき

蹓み見るものに水草紅葉かな

抑揚のある音読や秋寂びて

弾力にゆだねて括る走り萩

夜露降る不意に老舗の店じまひ

橋詰の秋明菊の濡れてをり

群狼の離別の地なり萩揺れて

秋寂や倦み払ひの豚の耳

秋惜しむ帝釈さまの木彫師と

這ひ松の五体投地の手入れかな

盆の月何も挿さざる壺ひとつ

長き土間抜け秋風の川に出る

高々と田仕舞の炎は許されよ

雨音に耳聡くをり菊枕

鮭打棒粗末がゆゑのしたたかさ

根ざらしの崖に秋寂ぶ音を聴く

鬼柚子を採つて貰ひし遍路道

美緒結婚

娶らせて緒に就くくらし秋麗

糊固きシェフの帽子や神の留守

朴落葉掻きて梢を仰ぎゐて

想像と違ふ人来るしぐれ来る

手袋に交はりのなき指と指

初しぐれ京に七口ありにけり

刃と串の手捌き冴ゆる式包丁

哲学の道や沈思のはぐれ鴨

冬靄に投げしかはらけ浮揚せる

思慕といふ浮力のありし雪蛍

句集　神鵜　畢

あとがき

『神鵜』は『催花の雷』につづく第八句集で、平成二十五年から三十年までの六年間の中から自選したもの三百五十八句を収めた。

令和二年十月に主宰誌「沖」が創刊五十周年を迎えることになったこと、私自身が七十の古稀という大きな節目となり、さらに俳句の道に入って五十年目になることから一書を纏めることにした。

平成二十九年からは、俳人協会の理事長という重責を担うことになり以前にも増して多忙な日々を送ることになったが、忙しい日常の中にあっても、自己を見失しなわないよう句作りに励むようにした。

句集名とした『神鵜』は、能登の氣多大社で行われる「鵜祭」を詠んだ一句からとったものである。

「鵜祭」は氣多大社の神前に放った鵜の動きから翌年の吉凶を占う神事。神前に設けた木製の台に一対の蠟燭が灯る中、神職と鵜捕部が問答を交わした後、鵜が放たれる。鵜がよどみなく上れば吉、なかなか進まないときは凶とされる。神前に放たれた鵜は瞬く間に蠟燭を搔き消し突然漆黒の闇に包まれる。大役を終えた鵜は雪が舞う中、大社の一の鳥居近くの一之宮海岸で暁闇の空に放たれた。

暁 闇 の 冷 え を 纏 ひ て 神 鵜 翔 つ

「神鵜」の句が、令和元年十月に能村家のルーツである能登の氣多大社に初めての句碑として建立された。

今回の句集の上梓にあたっては、松尾正光前社長、西井洋子社長と二代にわたってご厚誼をいただいている東京四季出版から刊行させていただいたことをありがたく思っている。

令和三年二月三日

能村研三

著者略歴

能村研三（のむら・けんぞう）

昭和二十四年、千葉県市川市に生まれる。

昭和四十六年「沖」入会。能村登四郎、林翔に師事。福永耕二の指導を受ける。

平成四年句集『鷹の木』で第十六回俳人協会新人賞受賞。

平成十三年四月より「沖」主宰を継承。

句集に『騎士』『海神』『鷹の木』『磁気』『滑翔』『肩の稜線』『催花の雷』。

随筆集『飛鷹集』にて日本詩歌句協会随筆大賞受賞。

平成二十九年三月より公益社団法人俳人協会理事長。

国際俳句交流協会副会長、千葉県俳句作家協会会長、現代詩歌文学館振興会評議員、日本文藝家協会会員、日本ペンクラブ会員。

読売新聞各県版俳句選者、朝日新聞千葉版俳壇選者、北國新聞俳壇選者など。

現住所　〒272−0021　千葉県市川市八幡六—一六—一九

現代俳句作家シリーズ　耀 7

句集 **神 鵜** ｜ かみう

令和 3（2021）年 5 月 24 日　初版発行

著　者 ｜ 能村研三

発行者 ｜ 西井洋子

発行所 ｜ 株式会社 東京四季出版
〒189-0013 東京都東村山市栄町 2-22-28
電話 : 042-399-2180／FAX : 042-399-2181
shikibook@tokyoshiki.co.jp
http://www.tokyoshiki.co.jp/
印刷・製本 ｜ 株式会社シナノ

定価はカバーに表示してあります。

ISBN 978－4－8129－0963－8